來到一處清澈河川邊的空地。
哦，好幸運——還有一艘船耶。

由於
從昨晚就開始
疲於奔命的三人，
早就已經累得
精疲力竭。
他們喝了冰涼的
河水解渴，
稍稍休息一會兒。
突然間——

一輛小型
摩托車猛衝而來，
疾馳過三人的身邊。
就在那一瞬間，
摩托車行李架上
有東西掉下來，

輕飄飄的
在半空中飛舞。
伊豬豬在東西掉進河裡的
前一刻，抓住了它。
「佐羅力大師，
是一件漂亮的洋裝耶。」
「你撿到了東西，
就快點追過去還給人家呀。」
伊豬豬聽到佐羅力這麼說——

「啊？我已經累得走不動了。如果這個東西很重要，它的主人會回來拿的。」伊豬豬說完，將洋裝掛在綁住船的木頭柱子上，接著往睡著的魯豬豬身旁一倒。

佐羅力則爬上小船，躺著閉眼休息。小船搖搖晃晃，簡直像一張吊床。

「這艘小船真不錯呀。」

陽光溫柔的灑在身上，舒暢的微風徐徐吹來，不知不覺間，他們三個很快就墜入夢鄉。

不知道時間過了多久。等到魯豬豬張開眼睛時，猛的嚇了一跳！

佐羅力原本躺的那艘船
已經消失了蹤影。
「伊豬豬、伊豬豬，怎麼辦？
佐羅力大師和船一起不見了。」
伊豬豬一聽跳了起來，
他這才發現
掛著洋裝
的那根木柱，
原本有根繫住船隻

的繩索，
現在已經斷掉了。
「糟、糟了啦。
那艘船
載著佐羅力大師
漂走了。」
他們連忙
慌慌張張的
往下游一看——

他們看到小船已經漂到
遠遠的河川另一頭。
隱約還能看見小船上
有佐羅力的黑色帽子
和藍紫色的衣服。

「伊、伊豬豬，
佐羅力大師
應該還在睡，
他沒發現

不對勁呢。」

「慘了啦，

小船是往冒著水花
的地方漂過去，
那裡的水流一定很急。
佐羅力大師要是被拋出船外，
會溺死的。」

伊豬豬和魯豬豬擔心得
加緊速度往前跑去。

可是，來不及了。

小船就在他們兩人眼前撞上石頭，碎成一片又一片。

伊豬豬和魯豬豬還眼睜睜看著怪傑佐羅力的帽子和藍紫色的衣服，

佐羅力大師——！
在水花中往下沉。
他們想都沒想，就跳入急流當中。
啪啦
啪擦
噗

河川的水流比他們想像中來得強勁多了，

伊豬豬和魯豬豬簡直如同樹葉一般，

一下被沖向左，

一下被沖向右。

他們得用盡
所有力氣，
才能避免
撞上大石頭。

再這樣下去，
連他們自己
都快要
淹死了。

差點兒就嗚呼哀哉的兩人，
一爬上岸，就看到佐羅力的帽子
從眼前漂過。
「佐、佐羅力大師難道已經……」
伊豬豬和魯豬豬撈起帽子愈想愈
害怕，忍不住全身發抖。
這時，他們頭上
有樹葉像下雨般
落下來。

他們兩個的臉龐，
突然從烏雲密布
轉變為陽光燦爛。
「搞什麼嘛，佐羅力大師，
原來你老早就游泳到這裡了喔。」
「你是想嚇我們，所以才爬到
樹上去，對吧？」
伊豬豬和魯豬豬一抬頭——

這才看清楚，有一個小女孩站在樹上，正在搖晃那根突出於河川上方的樹枝。

他們兩個的期待大大落空，
感到非常沮喪。
不過，這時，
伊豬豬驚訝的發現——

在非常靠近女孩上方的一根樹枝上，有一個很大的黃蜂窩。

喂——那裡有蜂窩！——
要是被蜜蜂螫到，
會有生命危險哪——
在黃蜂生氣之前，
快點從那棵樹下來呀——
儘管伊豬豬已經喊出最大的音量，想要警告女孩，但是，河川的水流很急，巨大的水流聲完全覆蓋了他的聲音，看來，他的警告並未傳到女孩的耳裡。

「魯豬豬，該怎麼辦才好呢？」

「我們現在最重要的，是去尋找佐羅力大師。這件事就別管了。」

魯豬豬說完，他的臉突然

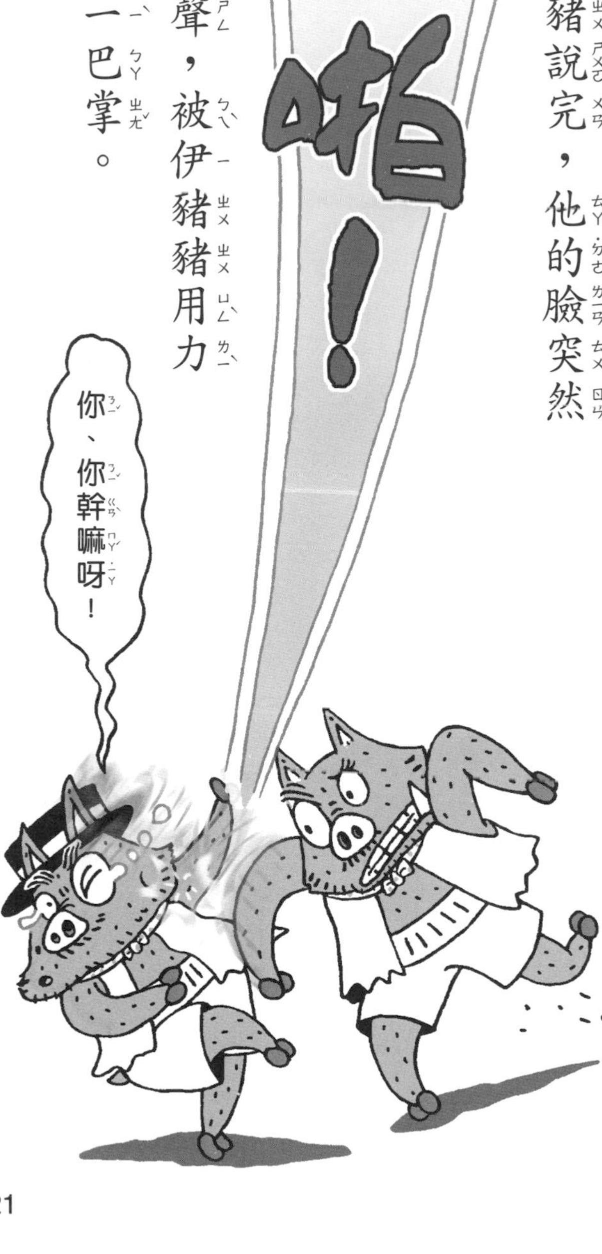

的一聲，被伊豬豬用力甩了一巴掌。

「你覺得要是佐羅力大師遇到這種狀況，他會假裝沒看見嗎？」

「……對不起，伊豬豬。

我知道佐羅力大師對可愛的女生一向彬彬有禮，而且很容易愛上她們，只要有這股超強的愛情力量，佐羅力大師絕對會伸出援手，不會見死不救。」

「所以，在這個時候，佐羅力大師一定會說，『伊豬豬、魯豬豬，我們一定要拯救那位小淑女才行。』對吧。」

「是——」

於是，伊豬豬用兩手

展開布包巾，

並且蹲了下來。

魯豬豬則頭下腳上的

緊緊攀在伊豬豬背上。

「要飛嘍，魯豬豬。」

「知道了，伊豬豬。」

藉由伊豬豬放臭屁的衝力，兩人以蜂窩為目標噴射而去，並且用布包巾蓋住了蜂窩。
噗一
伊豬豬將被布包巾裹起的蜂窩包袱，
高高的舉起。
而緊攀在伊豬豬背上的魯豬豬，則賞了蜂窩內的黃蜂一個大臭屁。
噗噗～噗
於是蜂窩中的黃蜂，全都因為那股強烈難聞的臭味，立刻昏死過去。

小姐，我們用這個好辦法排除了危險唷。
他們兩個人抱著蜂窩包袱猛的往下跳，嚇得那個女孩發出大叫——
啊！
咚
她的腳一下子沒站穩，就從樹枝上掉了下去。
啪
哇啊——
底下到處都是石頭，看來，不管她最後會掉落在哪兒，女孩都沒救了。

這時，不知從哪兒
急駛過來一輛摩托車，
一個黑影自摩托車上
一躍而下，
穩穩的接住女孩，
接著，踩踏石頭彈起，
再落在河岸上站定。
從樹上看到這個情景的
伊豬豬和魯豬豬，

對騎士感到相當佩服。

「真不愧是佐羅力大師，果然選在這個時候現身，實在太酷了——」

他們一邊小心翼翼的捧著蜂窩包袱以免碰掉了，一邊手腳並用快速的爬下樹。

不過，站在那兒抱著女孩的人，
並不是佐羅力，而是一位打扮得體的紳士。
伊豬豬和魯豬豬的心情
再一次跌落谷底。
而那一位紳士也露出
悲傷的表情說：

我還以為是我正在找的洋裝
朝我飛過來，
所以，不由自主的
跳起來接住。
能夠救了這位小姐雖然很好，
但是這件洋裝不是我做的，
而且，我的摩托車還……

由於遭到河裡的石頭用力撞擊，摩托車正冒出熊熊烈火。

「聽到你這麼說，我想起來我們剛剛有撿到一件洋裝，應該就是從摩托車上掉下來的，對吧？魯豬豬。」

「對啊，伊豬豬。」

「啊，真、真的嗎？」

紳士聽了眼神都變了。

「真是謝天謝地！我叫柴逢，
開了一家西服店。我不小心掉了一件
務必要在今天內送達的洋裝，
因此感到很煩惱。
所以，洋裝就在那個包袱裡嗎？」
「不是，
包袱裡裝的
是被臭屁薰昏的
黃蜂。」

伊豬豬這麼說。
柴逢聽了卻說：
「又來了，
什麼臭屁，什麼黃蜂，
全都是開玩笑的吧。
別耍我了，
請把洋裝還給我。」
正當他朝著包袱伸出手，
他的背後——

不行，不行，不可以打開！
嘿，魯豬豬，好好拿著。
好～

突然間，

響起了女孩大哭的聲音，

因為她發現自己的洋裝破了。

「我又要被爸爸、媽媽罵了……

嗚……嗚……」

當柴逢的注意力

移轉到女孩那瞬間，

魯豬豬便趁著空檔爬腿就跑。

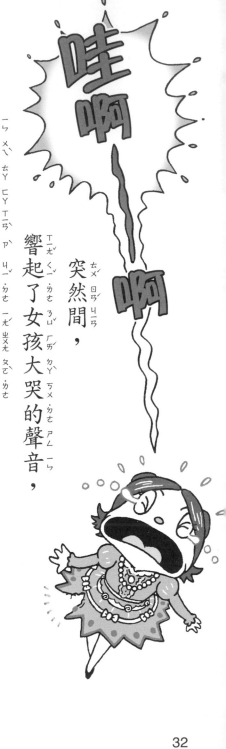

這時候，臭屁的效力
也差不多變弱了。
要是不快點將蜂窩帶到遠遠的地方扔掉，
這裡的所有人都會
遭受黃蜂攻擊的。
然而，

魯豬豬
不知道被誰
擋住了去路。
那是——

一直執著於追捕怪傑佐羅力的動物警察犬拓，正窮追不捨的追到這裡。

「是誰讓小女孩哭了？啊，你們兩個是怪傑佐羅力的手下，是不是你們又使了什麼詐，做了什麼壞事？你們老大怪傑佐羅力人在哪兒？」

「我們也在找他。而且，剛剛這個女孩就快被黃蜂螫了，是我們事先做了防備，她才沒事。」魯豬豬不高興的說。

「嗯，是這樣嗎？還是先聽聽本人怎麼說。這位小姐，請問你為什麼哭呢？」犬拓一問女孩，女孩便回答道：

我叫艾達。
這兩個人
差點把我拐走，
我是因為要逃走，
才不小心弄破洋裝的。
這不是艾達的錯，
都是那兩個人啦。
嗄？
嗄？
什麼！
你們兩個居然
打算誘拐小孩。
而且，
警察先生，
那個男的還把
我掉的東西
藏在那個包袱裡，
他打算
瞞天過海。
豈有此理！
你們兩個
應該都是聽命於
怪傑佐羅力吧。
他居然還讓身為
手下的你們
背起罪責，
自己卻先逃走，
真的是
太惡劣了。

佐羅力大師才不是你說的那種卑鄙無恥的人呢！
如果你們問心無愧，那就馬上把包袱打開！
我勸你還是千萬別這麼做比較好。
不打開讓我們看，那你們嫌疑就更大了。
呀～
啪嚓
啊！

包袱被打開後，出現的當然是黃蜂的窩。裡頭的黃蜂終於醒來了，從蜂窩深處傳來陣陣令人毛骨悚然的嗡嗡聲。

「大家快閃開！」

魯豬豬慌慌張張用布包巾將蜂窩包起，捧在手上，以最快的速度，朝著河川下游飛奔而去。

轟嗡——
黃蜂陸陸續續的
從包袱的縫隙飛出來，
一一飛上空中。
並且，一起朝
雙手捧蜂窩的魯豬豬，
展開猛烈的攻擊。

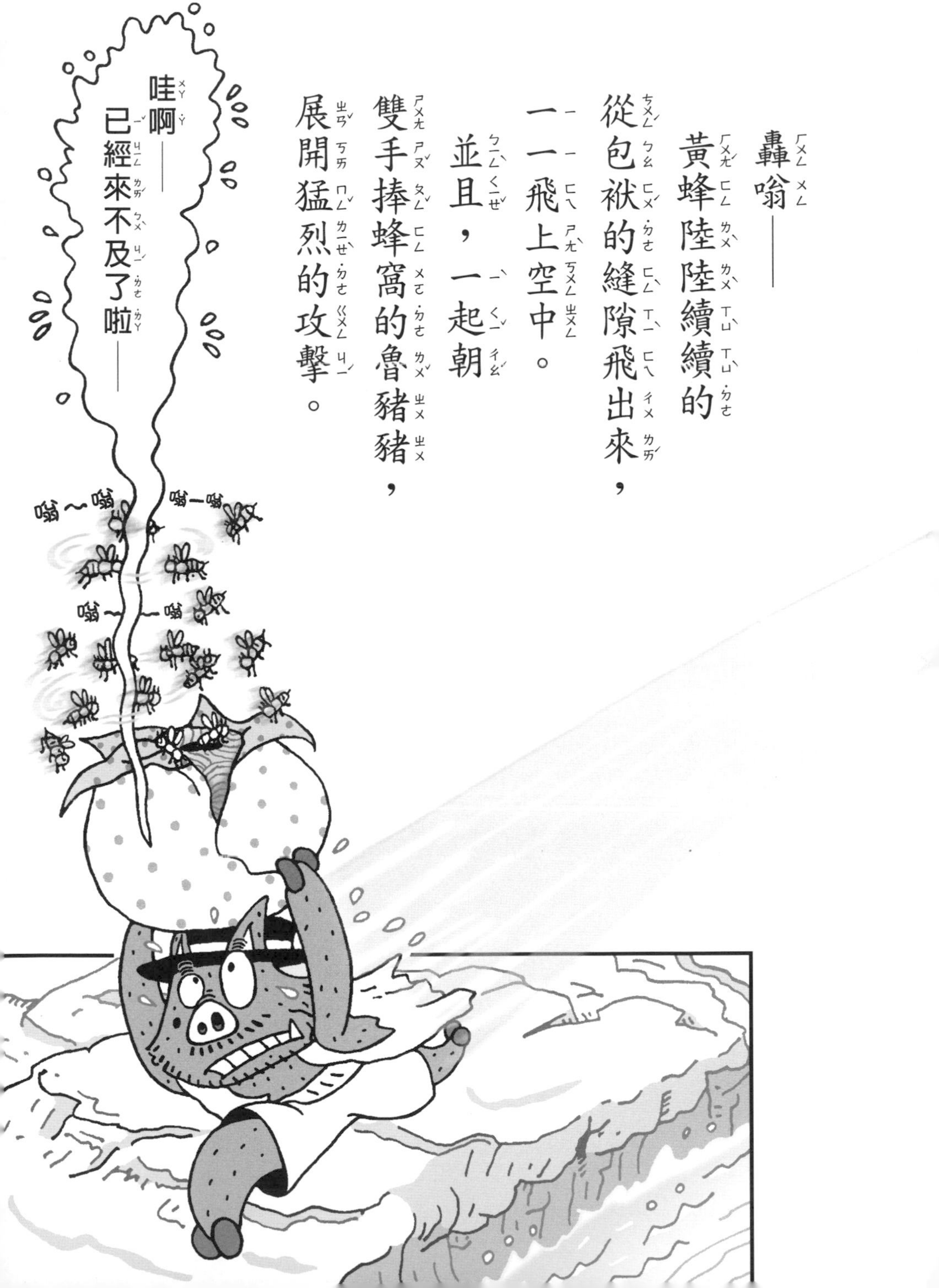
哇啊——
已經來不及了啦——
嗡～嗡
嗡一嗡
嗡～～嗡

魯豬豬
就這樣
捧著蜂窩，
跳進水流湍急的
河川裡。
蜂窩立刻脫離布包巾
浮了起來，

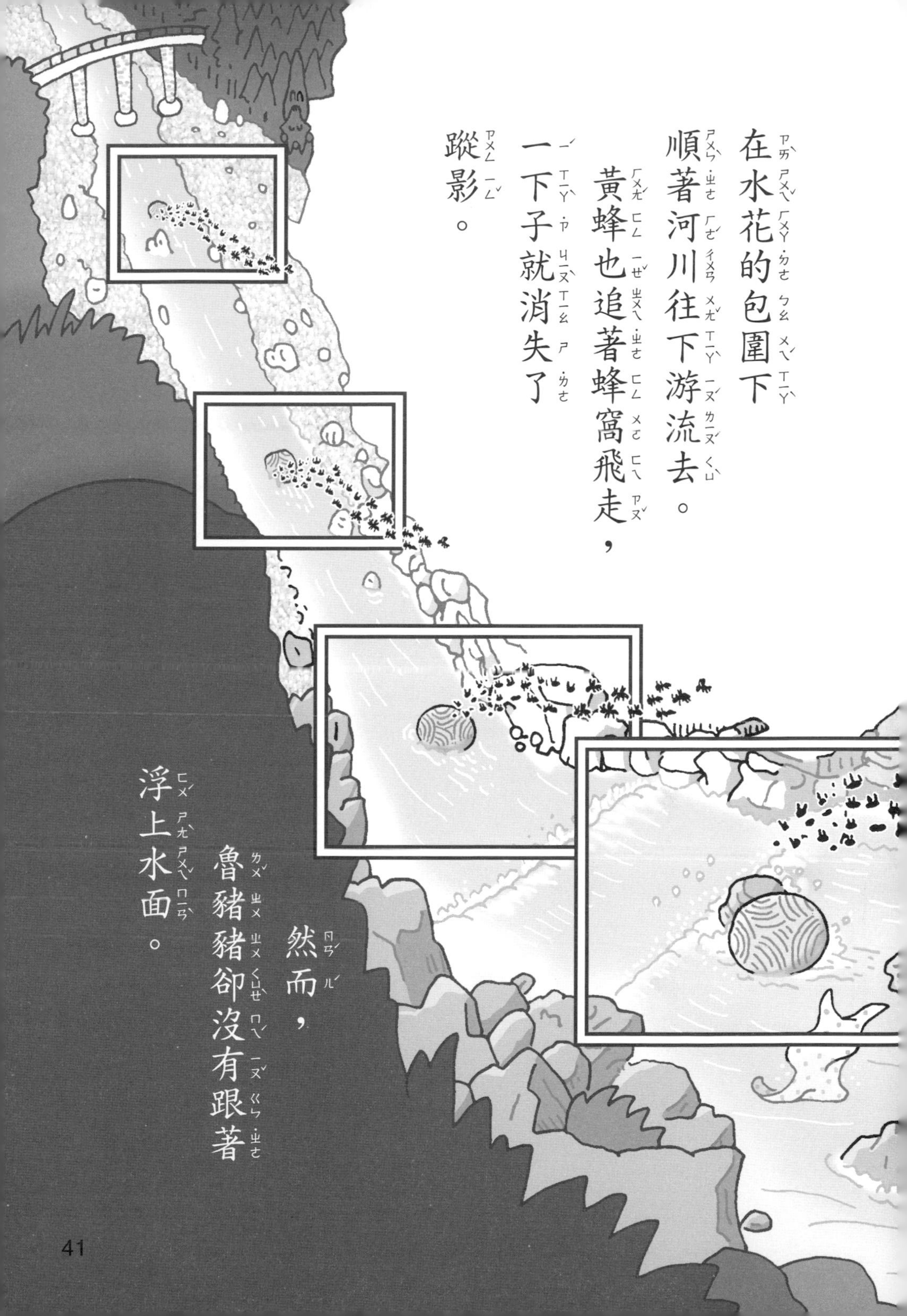

在水花的包圍下
順著河川往下游流去。
黃蜂也追著蜂窩飛走，
一下子就消失了蹤影。

然而，
魯豬豬卻沒有跟著
浮上水面。

「魯豬豬，你還好嗎？你沒事吧——」

伊豬豬跑在最前頭，領著大家一起奔向魯豬豬跳下去河岸邊。

「原來那個包袱裡並沒有我的洋裝，是我自以為是弄錯了，真的很抱歉。」

柴逢一道歉，
犬拓也對
伊豬豬一鞠躬
說道：
「對不起，
我懷疑你們
做了壞事。」
接著，默默跟在後頭，
跑過來的艾達也說話了：

「警察先生，對不起。
我說這兩個人要誘拐我，
是騙你的。
因為我只要不小心
將身上的洋裝
弄髒一點點，
就會被爸爸、媽媽罵。
我一想到穿這件弄破的洋裝回家
將會發生的後果，

真的怕死了，
所以才會說謊，
說是那兩個人害的。」
因此，
對於這三個人來說，
魯豬豬其實是拚命保護他們
不受黃蜂螫傷的恩人。
於是，他們四個人
開始分頭搜尋魯豬豬的下落。

照理說，只要往魯豬豬落水的地方繼續往下游搜尋，應該可以找得到。

搜尋魯豬豬的任務正式展開。他們決定，由伊豬豬與犬拓負責最危險的急流處。

嗚嗚，魯豬豬，你快一點上來呀——
喂——

而流速稍微緩慢些的
下游河段，由柴逢與
艾達負責。

儘管大家
不斷睜大眼睛
仔細尋找，
然而他們找了一小時，
魯豬豬還是無影無蹤——

難道說，魯豬豬因為昏迷過去，
所以被急流給沖走了？
如果這樣，那魯豬豬不就……
伊豬豬腦中，塞滿各種負面的想法。
要是他不僅失去敬愛的佐羅力大師，
連親弟弟魯豬豬都再也見不到面，
那該怎麼辦呢？
伊豬豬想到這裡，
就忍不住痛哭流涕。

「不行，不行，
如果在這邊放棄就完了。
不管怎樣，
我一定要找到他們！」
就在伊豬豬重新振作，
猛一抬頭的那一剎那，
突然，艾達

啊——

的尖叫聲，
傳了過來。

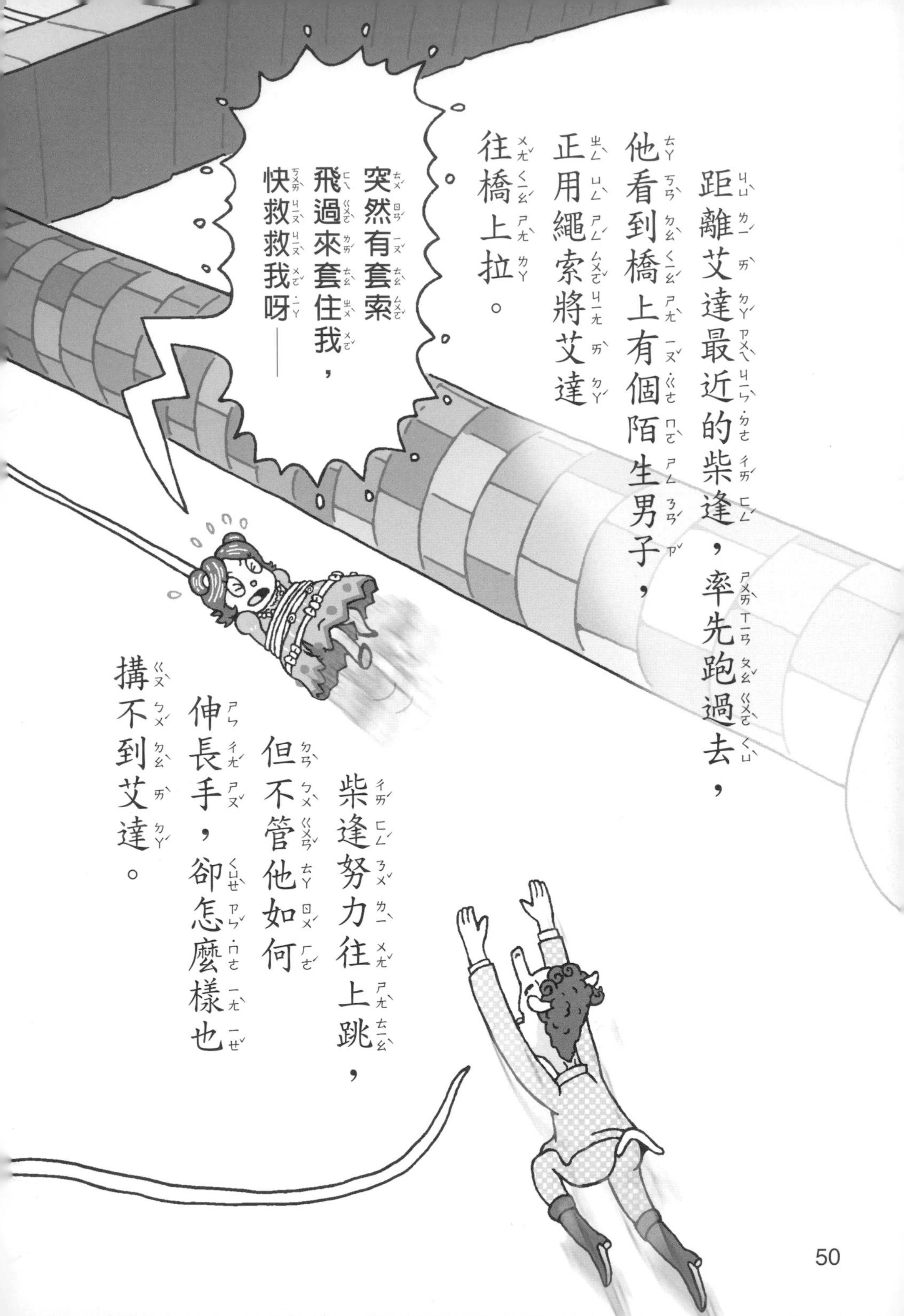
突然有套索飛過來套住我，
快救救我呀——

距離艾達最近的柴逢，率先跑過去，他看到橋上有個陌生男子，正用繩索將艾達往橋上拉。

柴逢努力往上跳，但不管他如何伸長手，卻怎麼樣也搆不到艾達。

「放開艾達小姐——」

柴逢這麼一喊，那個男人說話了：

嘿嘿，這個女孩是我先找到的。像你這樣的傢伙，應該是沒辦法給我賞金吧。
賞金？
你別裝蒜了。你看，這張海報上，不是明明白白寫著賞金一百萬。

那個男人這麼說——

男人使勁的將艾達往上拉。然而，就在這時，

沙沙沙沙——

有個人影出現在河川的一顆石頭上，那是怪傑佐羅力。

他的右手一往上甩，便從袖口飛出一條大鯉魚，朝著橋上的男人飛過去。

男人想都沒想就鬆掉手中的繩子，用兩手接住那條大鯉魚。

萬幸的是，從上方摔落的艾達，剛好被飛奔而來的犬拓接個正著。

連距離最遠的伊豬豬，這時也氣喘吁吁趕到了。

不過，伊豬豬走近一看，站在石頭上的佐羅力，樣子好像怪怪的。

站在那裡的，
是縮了水的佐羅力。
不，是穿著怪傑佐羅力服裝
的魯豬豬。
怎麼樣啊？伊豬豬。
我試著把漂在河裡的
佐羅力大師衣服，全收集起來。
而且，彬彬有禮的佐羅力大師，
他的靴子裡也「冰冰有鯉」，
我就把那隻冰冰涼涼的大鯉魚
送給那個男的啦。
由於魯豬豬手太短，
所以，他將佐羅力的
兩隻靴子整個塞進
袖子裡。
佐羅力
的靴子
掉落水中後，
有一條鯉魚
似乎很滿意、
也很舒服的
藏身
在裡面。

喂喂，「彬彬有禮」和
「冰冰有鯉」又不一樣，
不過，「冰冰有鯉」的力量
還真是大呢。

看到魯豬豬能夠衝破險阻、平安無事，伊豬豬開心得手舞足蹈。

這時，從上方——

輕飄飄落下來的，
是橋上那個男人原本拿在
手上的海報。

「咦？
這是捉拿通緝犯
的公告！」
犬拓緊緊盯著
海報仔細看，
喃喃自語的說。

穿著粉紅色的洋裝。
的話，請務必告知消息。
能夠將艾達
順利帶回來的人可獲得
懸賞獎金一百萬元

「我、我才沒做那種
會被通緝的壞事呢。」
「應該是哪裡弄錯了啦，
我們相信艾達。」
「嗯，佐羅力大師也
一定不會懷疑艾達的。
這一定是有人惡作劇。」
儘管同樣關心著艾達的事，
但柴逢依舊向伊豬豬和魯豬豬詢問：

「既然現在魯豬豬先生也已經沒事了，
差不多可以請你們告訴我，
我的洋裝在哪裡了吧？」
「比起你的洋裝，
找到佐羅力大師更重要。」
伊豬豬這麼一說，
犬拓接著開口：
「那位怪傑佐羅力先生
如果還活著，我不認為

他還會待在這附近。要是由我來推測的話，我想他應該會回到原來那個地方等你們。」

聽了犬拓的分析，伊豬豬和魯豬豬也覺得很有道理。

「不過要是這樣，現在，佐羅力大師……」

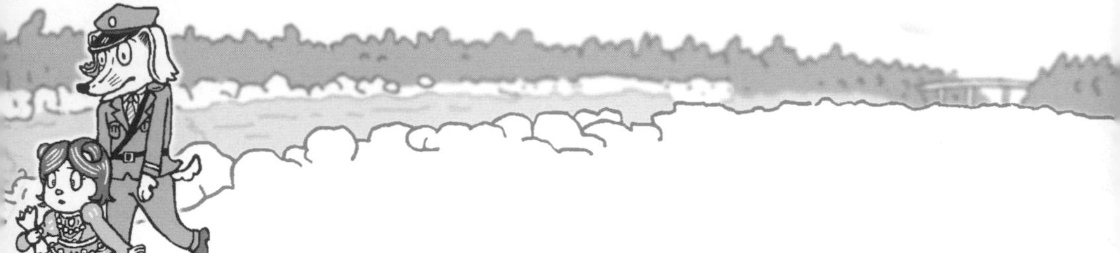

「他一定全身光溜溜，正冷得一直發抖吧。」

「啊，說得也是喔。那一定要快點將這些衣服送過去才行。」

眼看著伊豬豬和魯豬豬，二話不說就要拔腿狂奔而去，柴逢趕緊不好意思的開口問：

「嗯——那我的洋裝……」

「啊，洋裝就放在我們要趕回去那裡。」

不如你跟我們一起過去吧。」

於是，連一心想逮捕怪傑佐羅力的犬拓，以及不敢回家的艾達，全都跟了過去。

這一次，所有人都
將河川上游
當作目的地。

一路上，
不知道為什麼——

不斷有人與他們擦身而過，
而且，那些人都以銳利的目光
盯著他們瞧。
仔細一看，那些人手上
全拿著尋找艾達的海報。

不過，艾達目前正被
四個大人保護著，
而且其中一位還是警官。
所以，不管是誰，
都沒辦法採取任何舉動，
他們最後也只能
垂頭喪氣的走了。
到底願意撒下大把賞金
懸賞尋找艾達的，
會是何方神聖呢？

可是，即便詢問艾達本人，
她也不知道。
關於艾達之謎，
真的是愈來愈
撲朔迷離了。

不過，比起艾達之謎，
伊豬豬還有更加擔心的事。
於是，他叫來魯豬豬，
告訴魯豬豬他心中的
憂慮。

「魯豬豬，回到剛才那個地方，
就算我們終於可以和佐羅力大師相見，
但是，佐羅力大師一定會馬上
被犬拓逮捕。
要是他這次被關進監獄裡，我們可能
要和他分開很多年……」

「不要，
我死都不要那樣。
現在只有一個辦法，
就是想辦法讓佐羅力大師
先開溜。嗯，我想到好主意了。」
魯豬豬說完，向犬拓走去，
對他說：

犬拓先生，我們已經快到達目的地了，不過，在那裡等著我們的佐羅力大師，應該全身光溜溜的。身為一位警官，你覺得把艾達帶到那樣的地方，好嗎？
嗯，對耶。從保護市民的職責來看，這樣真的不太好。
是這樣沒錯吧。那麼，不如由我早一步趕過去，讓佐羅力大師先穿上這套衣服。
嗯，你說的對，設想得真周到。

那就辛苦你了，拜託嘍！

當然，魯豬豬的打算就是
讓佐羅力先穿好衣服，
商量好之後會合的地方，
就叫他先逃得遠遠。
「那，我就先過去了——
伊豬豬，接下來這邊麻煩你了。」
魯豬豬精神煥發的
飛奔而去。
於是——

伊豬豬的任務，就是盡量拖延時間，好讓佐羅力大師能夠逃得愈遠愈好。
動作快一點。
嘩啦嘩啦
①他替大家解說可以食用的野草。
這些是可以吃的野草喔。在我們餓得要命的時候，就會吃樹上的果子或野草。所以，我很熟悉這些野生植物。
春天的時候，可以摘聲鑼草炸成天婦羅或拌味噌，都超美味的！
野蒜也可以用來涼拌味噌做成小菜……
②因為踩到鳥大便，所以，他要求要到河邊去用河水清洗。
你們看，這就是蟻獅的窩，你們知道蟻獅嗎？蟻獅呢，其實就是蟻蛉的幼蟲。
咦～
為了抓到螞蟻和鼠婦，蟻獅在沙地上製造了往下陷的
同……
③他向大家解說了螞蟻巢穴的奧妙。

抓到毛毛蟲以後，拿蟲嚇艾達，追著她四處跑。
你看，你看，哈哈哈哈。
喂喂，你不要在警察面前欺負弱小哦。
哇——
那架紅色飛機後方噴射氣體所形成的雲，叫做飛機雲。
那朵蓬蓬的、很可愛的雲，叫做積雲。還有一種叫做卷積雲……
跟大家解說天空的各種雲朵。
所有可以用來拖延時間的方式，伊豬豬統統都沒有放過。
像這樣想盡辦法爭取到的時間，應該足夠了吧。伊豬豬總算帶著大家往佐羅力所在的地方走去，結果——

那裡卻只有穿著怪傑佐羅力衣服的魯豬豬，跌坐在地上。
我沒看到啊……
佐羅力大師根本沒回到這裡來。
那個，請問——我的洋裝……
洋裝就掛在用來綁住船隻的木頭柱子上。
應該是被風給吹走了吧。再說，犬拓先生，

你所說的推理，一點也不準。
是嗎？說不定是怪傑佐羅力嫌你們兩個礙手礙腳的，所以把你們拋棄了？
犬拓的一席話，對伊豬豬和魯豬豬來說，有如當頭棒喝。他們開始回想：

伊豬豬和魯豬豬回想到的事

是因為他讓我去買三個草莓奶油蛋糕的時候，我拿走了草莓最大顆的那塊嗎？

說不定是在比賽誰的腳丫子最臭的那次，最後伊豬豬贏了。

啊啊，是因為在快要沒錢的時候，卻買了一盒工作手套的那件事嗎？不過，後來工作手套發揮了作用啊。

啊，難道是那次吃冰棒中獎了，結果瞞著佐羅力大師去領獎，被他知道了？

我的睡姿差，如果放臭屁時不小心把屁噴到佐羅力大師的鼻尖，這也有可能……

不對不對。魯豬豬不是曾經挖出好大一坨鼻屎嗎？應該是這件事讓佐羅力大師既羨慕又忌妒吧？

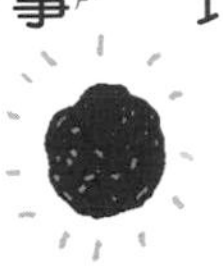

前不久，便利商店一位漂亮的姊姊，稱讚我們：「好可愛的兄弟。」那時，佐羅力大師就擺了臭臉。

他們腦海中一個接著一個不斷浮現各種可能惹怒佐羅力大師的事件。

「嗚，佐羅力大師，您真的要丟下我們，自己一個人去旅行嗎？」

正當兄弟倆心中的不安提升到最高點時，聽到柴逢大喊一聲：

「有了！」

「那一定是我縫製的那件粉紅色洋裝。就像伊豬豬先生說的，洋裝被風吹進森林裡啦。我馬上去把它找回來。」柴逢喜孜孜的跑進森林，之後，森林外面的人立刻聽到他與某個人的爭論聲。

「你、你到底是什麼人？請你快點把我的洋裝還給我。」

「啊——我不要，有色狼，救命呀——」

聽到那個奇特的女人叫喊聲，伊豬豬和魯豬豬覺得似曾相識。

當他們兩個踏進森林裡，看到了——

佐羅力正站在那兒；
身上只穿著
一件緊繃的
粉紅色小洋裝。

「啊，伊豬豬、魯豬豬，
你們總算回來了，
你們到底去了哪裡呀？
快把我的衣服
還給我啊！」

佐羅力的聲音
聽起來就像快哭出來了。
接著，
佐羅力要他們兩個
轉過身，
一邊換衣服，
一邊說起
他為何會很糗的
穿上這件粉紅色的小洋裝。

佐羅力大師～我是多麼想再看到您啊～
我們真的找您找得好苦哇～
請大家多擔心點，因為佐羅力洋裝裡面什麼都沒穿呢。

❶我們三個逃到這裡以後，
我就躺在小船裡休息，
但是因爲睡到流汗
衣服溼了，很不舒服。
本大爺醒來後，就把衣服攤平
放在船上晾乾，並且趁著這段時間
跳進河裡游泳。

❷不過，等本大爺游完泳回到原地，
小船、還有你們兩個都不見了。
唯一還在的，就是這件粉紅色的
小洋裝。

❸不管怎樣，有穿衣服總比沒穿衣服好，所以本大爺就把自己硬塞進洋裝裡，坐在這裡等你們。結果，路人經過看見本大爺，全都尖叫：「好噁喔～」「變態～」然後紛紛逃走了。

❹還有人拿著海報，把本大爺跟海報上穿粉紅色洋裝的女孩比對，接著怒吼：「別當冒牌貨混淆視聽！」本大爺突然被這麼一吼，覺得真是丟臉丟到家了，有夠悲慘的。

佐羅力換好了衣服，喊著：

「嘿，如你所願，衣服還給你嘍。」

然後，他將脫下來的洋裝朝柴逢扔過去。

❺於是本大爺，
爲了盡量不被別人撞見，
就跑進這座森林裡躲藏起來，
靜靜的等待
你們兩個回來。

好不容易恢復自由之身、
可以隨意行動，
佐羅力精神奕奕的
從森林裡飛奔而出。
伊豬豬看到佐羅力跑出去，
連忙一臉驚慌的喊；
「啊，糟糕！
佐羅力大師，外面有……」
不過，已經來不及了。

佐羅力果然和犬拓撞個正著。

「啊！」

柴逢則雙手把他手上的粉紅色小洋裝，筆直拿著用力推到佐羅力的後背上。

這件洋裝是我受到波賓王委託，特地替他鍾愛的女兒製作的服裝，也是花了我兩個月的時間，

才縫製出來的得意之作。
而且，我非得在今天之內送達不可。
結果你卻偏偏把它弄得皺巴巴的……
你說，你到底要怎麼補償我？
啊？
你說什麼？

柴逢生氣的質問佐羅力。

艾達馬上驚訝大喊出聲。

媽媽
爸爸
波賓王是我爸爸呀。
我的爸爸和媽媽
一向只准我穿洋裝，
而且只要我一弄髒洋裝，
就會挨罵，
所以我總是
待在房間裡
乖乖的、靜靜的玩。
其實我也很想
爬到樹上去玩，
也很想在原野上奔跑。
因為這樣，我才會從城堡裡
跑了出來。

原來如此，現在海報之謎解開了。因為艾達公主從城堡裡失蹤了，國王很擔心，於是派人張貼海報，想用懸賞的方式找到公主。
柴逢先生幫了我大忙，我希望能好好報答。我想跟您一起回城堡，將洋裝會變成這樣的原因，向爸爸解釋。可是，我隨便跑出城堡，又把衣服弄破了，爸爸應該已經不會再相信我說的話了吧。

艾達露出相當不安的神色，

別放棄。我的警車就停在森林的外面，我可以開車載你們兩位到城堡去，我也會將事情的始末好好向國王說明的。
謝謝你。不過，我想還是算了。如果國王連衣服上有一點點髒汙都不能忍受，我實在沒辦法把這麼可怕的洋裝拿到他面前。而且，我的摩托車壞了，也沒有交通工具去城堡。我決定放棄了。

今天一整天
都在一起行動的五個人，不知不覺中
已經變成一條心了。

真的嗎？如果有警官陪同的話，我就安心多了。
對啊。我想國王知道真相後，一定會答應再給柴逢先生一次機會的。
犬拓先生，你要好好的說明喔，別讓艾達公主再挨罵了。

也就是說，伊豬豬先生、魯豬豬先生，我們要道別了。託你們兩位的福，我才能找到洋裝，真是感激不盡。不過，一想到那個人居然把小洋裝硬穿在身上……
伊豬豬先生、魯豬豬先生，謝謝你們一直都很相信我。我爸爸說，找到我的人可以得到一百萬的賞金，請兩位收下賞金吧。還有，如果你們能到城堡保護我，我會感到很開心的。

不，我們兩個好不容易才找到佐羅力大師，已經不想再和他分開了。
哇，你們兩位一點都不貪心耶。我長大以後，一定要找到像你們一樣棒的王子。
啾
啾

來吧，各位，請走出森林搭上警車吧。太陽就快下山了。
陶醉～
陶醉～
好的。

好的，我知道了。然後我也要被逮捕帶走，對吧。
不，本警官呢，必須先好好執行護送艾達和柴逢的工作。至於逮捕你這件事呢，就往後延嘍。你乖乖的待在這裡，直到我回來為止。
那麼，就再見嘍，伊豬豬、魯豬豬。
嘻嘻呵呵。本大爺哪可能呆呆在這兒等著被逮捕呢，對吧？伊豬豬、魯豬豬。

可是，伊豬豬和魯豬豬對佐羅力說：

「不會啦，其實那個犬拓先生人挺好的。」

「對啊，他是在跟你開玩笑啦。嘿，佐羅力大師，我們三個又相聚了，走吧，繼續旅行去。」

佐羅力一點都不清楚這一整天裡，伊豬豬和魯豬豬遇到哪些事，總之，

他們重新回到
原本的旅程。
三人開始互相吹噓
在他們彼此分開的
這段期間裡，
自己是多麼辛苦，
又是怎樣擔心著
對方。
我以為你們兩個不管我了。
穿著洋裝的模樣被別人撞見，那實在是很丟臉……
發現你們不見的時候，我真的快急死了。
你們能體會全身光溜溜又自己孤單一個，心情有多不安嗎？
我們才擔心會被你無情的拋棄掉呢。
我們一想到佐羅力大師你乘著船被水漂走了，心裡也是超不安的。
我們看到船碎成一片一片的，還以為再也見不到佐羅力大師了……

他們鬧哄哄的搶著說話，
然而，能夠像這樣繼續一起旅行，
每個人心裡都仔仔細細品嘗著
那份幸福的滋味。
這真是值得恭喜道賀的事啊。

雖然在這裡喊卡也可以，
但是各位讀者應該很想知道，
柴逢、艾達和犬拓
他們的後續遭遇如何，
所以呢，我就繼續
多寫點故事吧。

夜深人靜的鄉間小路，
四處黑漆漆的，
什麼也看不見。
佐羅力他們找到
亮著燈的公車站，
準備今晚就露宿在這裡。

有一輛車子，在他們面前緊急剎車，
停了下來。
啊，應該要逃得更遠一點才對。
曾經給過佐羅力
一次逃走機會

的犬拓，
又追上來了。
由於已經徒步行走得十分疲累，
他們再也沒有力氣逃命了。
車門一打開，
現身在他們眼前的——

並不是犬拓，
而是服裝店的柴逢。
「真的是伊豬豬先生和
魯豬豬先生，能與兩位再相見實在太好了。
由於有犬拓先生幫忙說明，
所以事情進展得十分順利。
波賓王因為我們將艾達公主
平安無事的帶回城堡，
賞賜了很豐盛、吃都吃不完的佳餚。

而且，當他知道我的摩托車壞了，
還送給我這輛車當作禮物。
「比起這些，我更想知道
艾達公主的洋裝，後來怎麼了？」
伊豬豬擔心的這麼一問。

嗯，我們搭著警車
前往城堡時，
艾達公主說出
洋裝帶給她的煩惱，
於是——

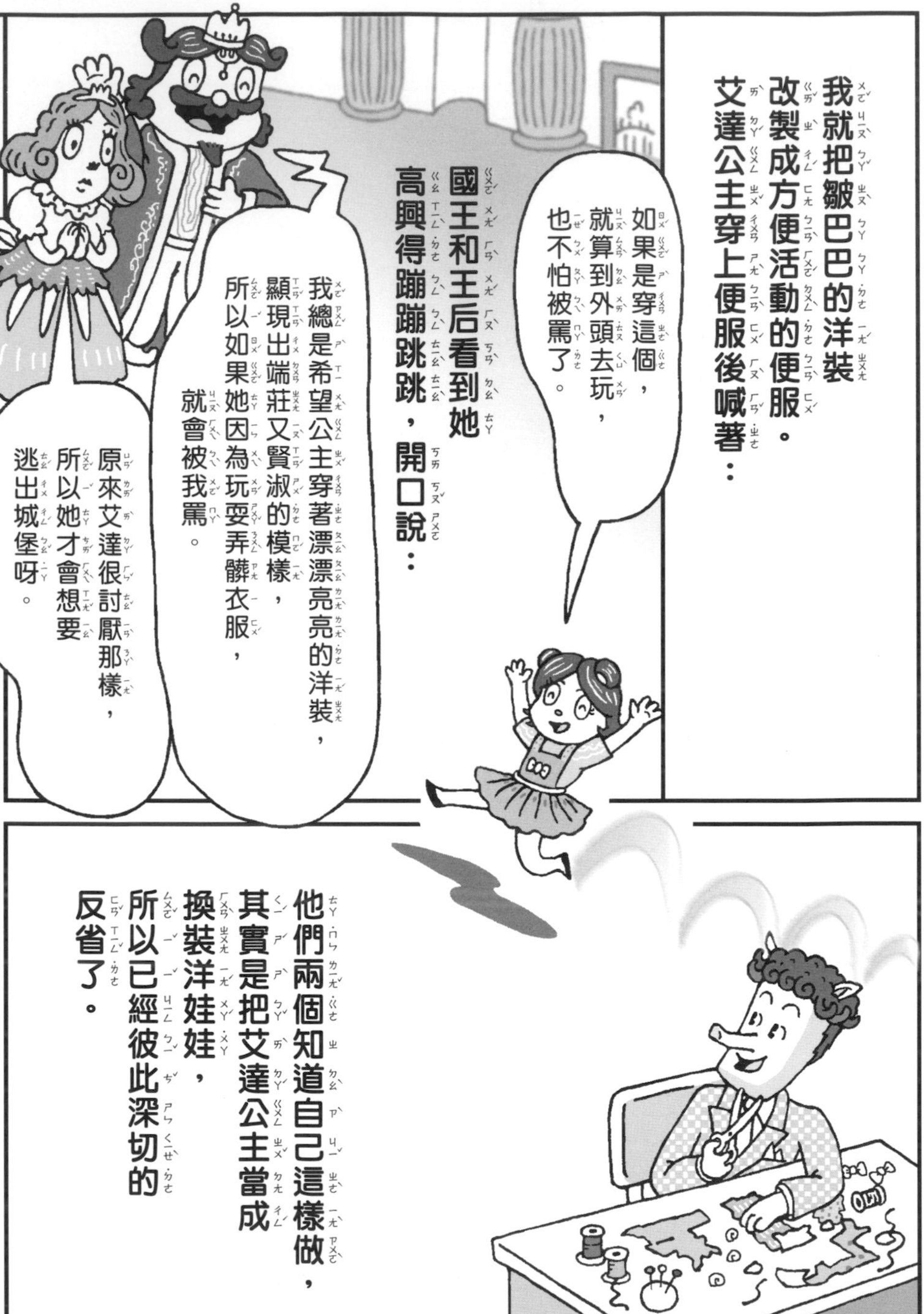
我就把皺巴巴的洋裝改製成方便活動的便服。艾達公主穿上便服後喊著：
如果是穿這個，就算到外頭去玩，也不怕被罵了。
國王和王后看到她高興得蹦蹦跳跳，開口說：
我總是希望公主穿著漂漂亮亮的洋裝，顯現出端莊又賢淑的模樣，所以如果她因為玩耍弄髒衣服，就會被我罵。
原來艾達很討厭那樣，所以她才會想要逃出城堡呀。
他們兩個知道自己這樣做，其實是把艾達公主當成換裝洋娃娃，所以已經彼此深切的反省了。

我獲得了國王、王后和
艾達公主的信任，
他們向我訂製了三件便服，
以及三件禮服。

「恭喜、恭喜！」
當伊豬豬和魯豬豬
緊緊握住柴逢的手時，
漆黑中，響起了不太美妙的聲音。

從柴逢的車上，飄散出食物的香氣，
因此，讓佐羅力他們三個人的肚子
不約而同開始咕嚕咕嚕叫。
「啊，對了。我還帶走很多吃不完的菜餚。
請大家務必品嘗看看。」
柴逢拿出一個大籃子，
一邊遞給伊豬豬和魯豬豬，
一邊小聲的提出忠告說：
「我從犬拓先生那裡聽說，

「那個戴面罩的傢伙正在被通緝，
他應該是個大壞蛋喔。
我勸你們還是不要跟他交朋友比較好。」
他說完以後，
就鑽進了車內。

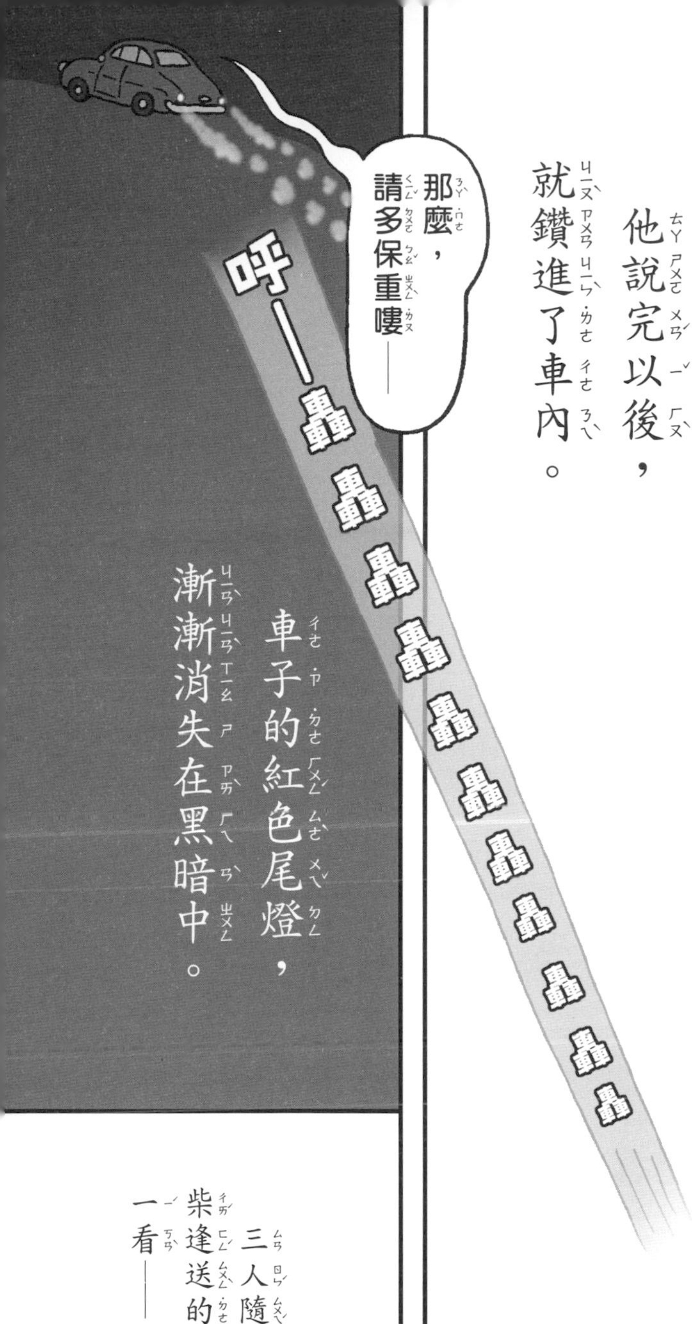

車子的紅色尾燈，
漸漸消失在黑暗中。

三人隨即打開
柴逢送的籃子
一看——

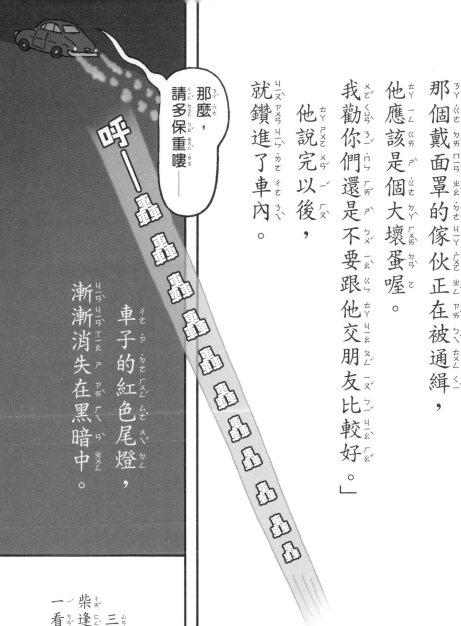

籃子裡面裝著一大堆誘人的料理，頓時讓荒涼的鄉下公車亭，變身為高檔餐廳。
哇——好好吃喔，這次大家失散了，反而讓我們有機會想想佐羅力大師的處世之道，也因此得到這個豐盛的獎賞，對吧？魯豬豬。
沒錯。那就是靠著「就算走投無路也不喪氣」，「對遇到麻煩的人要拔刀相助」的一顆心，還有，「冰冰有鯉」的力量也很大。能夠吃到這種滿載大家感謝的豐盛料理，都是因為有佐羅力大師啊。

好吃好吃，可以吃到這麼美味的東西真是太感恩了，不過，本大爺的手下竟然能得到大家的感謝，這是怎麼回事啊？本大爺和你們兩個可是立志要成為令人討厭的邪惡大王，嚇得人發抖呀。
可是，我們只是模仿佐羅力大師平常的樣子而已啊。
笨蛋——！
好，既然你們那麼說，那下一次，本大爺一定要盡其所能的惡作劇，讓你們好好瞧瞧。搞不好我會誓言以最邪惡的終極手段，讓學校和圖書館裡都變得沒辦法閱讀。等著那一天來到吧，嘻嘻呵呵。
那、那我們不是慘了嗎？

•作者簡介

原裕 *Yutaka Hara*

一九五三年出生於日本熊本縣，一九七四年獲得KFS創作比賽「講談社兒童圖書獎」，主要作品有《小小的森林》、《手套火箭的宇宙探險》、《寶貝木屐》、《小噗出門買東西》、《我也能變得和爸爸一樣嗎？》、【輕飄飄的巧克力島】系列、【膽小的鬼怪】系列、【菠菜人】系列、【怪傑佐羅力】系列、【鬼怪尤太】系列、【魔法的禮物】系列等。

•譯者簡介

周姚萍

兒童文學創作者、譯者。著有《我的名字叫希望》、《山城之夏》、《妖精老屋》、《魔法豬鼻子》等作品。譯有《大頭妹》、《四個第一次》、《班上養了一頭牛》、《那記憶中如神話般的時光》等書籍。曾獲「文化部金鼎獎優良圖書推薦獎」、「聯合報讀書人最佳童書獎」、「幼獅青少年文學獎」、「國立編譯館優良漫畫編寫」、「九歌年度童話獎」、「好書大家讀年度好書」、「小綠芽獎」等獎項。

國家圖書館出版品預行編目資料

怪傑佐羅力消失了!?
原裕 文、圖；周姚萍 譯 --
第一版. -- 臺北市：親子天下, 2020.02
104 面；14.9x21公分. --（怪傑佐羅力系列；54）
注音版
譯自：きえた!?かいけつゾロリ
ISBN 978-957-503-515-0（精裝）
861.59 108017441

怪傑佐羅力系列 54

怪傑佐羅力消失了!?

作者｜原裕（Yutaka Hara）
譯者｜周姚萍

責任編輯｜張佑旭
特約編輯｜游嘉惠
美術設計｜蕭雅慧
行銷企劃｜高嘉吟

天下雜誌群創辦人｜殷允芃
董事長兼執行長｜何琦瑜
媒體暨產品事業群
總經理　游玉雪
副總經理｜林彥傑
總編輯｜林欣靜
行銷總監｜林育菁
資深主編｜蔡忠琦
版權主任｜何晨瑋、黃微真

出版者｜親子天下股份有限公司
地址｜臺北市104建國北路一段96號4樓
電話｜（02）2509-2800
傳真｜（02）2509-2462

網址｜www.parenting.com.tw
讀者服務專線｜（02）2662-0332
週一～週五：09:00~17:30
讀者服務傳真｜（02）2662-6048
客服信箱｜parenting@cw.com.tw
法律顧問｜台英國際商務法律事務所・羅明通律師
製版印刷｜中原造像股份有限公司
總經銷｜大和圖書有限公司
電話｜（02）8990-2588

出版日期｜2020年2月第一版第一次印行
2023年9月第一版第十次印行
定價｜300元
書號｜BKKCH023P
ISBN｜978-957-503-515-0（精裝）

訂購服務
親子天下 shopping｜shopping.parenting.com.tw
海外・大量訂購｜parenting@cw.com.tw
書香花園｜臺北市建國北路二段6巷11號
電話｜（02）2506-1635
劃撥帳號｜50331356 親子天下股份有限公司

怪怪便服

由柴逢替艾達公主縫製的服裝特別公開秀

①
這件衣服雖然很樸素，但是爬樹的時候卻可以發揮這些功用。
衣服上的花紋可以形成保護色，簡直就是變色龍。
帽子上垂下的網罩，可以預防被蜂螫。
可以在不驚動昆蟲和小鳥的狀況下，進行觀察或捕捉。
②
這件也是顏色暗沉的一款服裝，對可愛的女孩來說實在並不可愛，
但是，請看看，如果來到原野，在衣服上有許許多多的小口袋，口袋裡面可以插上摘下的花朵。
你們看，是不是轉眼間就變得繽紛多彩呢。就算每天穿，也會因為插上不同的花，而像是穿上了不同的衣服呢。
③
這件衣服很適合野丫頭來穿，
屁股和背部，都包覆了一層耐磨的皮革，可以穿著從小山丘上滑下來。
萬一掉進河裡，背心會立刻充氣膨脹變成救生衣。
就算跌倒了，膝蓋也會有護膝保護，所以完全不用擔心。